무현을 그리워하며 무현의 꿈을 그리다

굽이쳐 흐르는 강물처럼

굽이쳐 흐르는 강물처럼

水墨畵로 읽는 노무현의 일생

유준 그리고 쓰다

달살

작가의 말

곧 오월입니다. 바람결에서 벌써부터 그분의 숨결이 느껴집니다.

아직 붓끝 일천한 하류 화가가 그분의 일생을 그린다는 것이
가당키나 한 일일까?

알면서도 그렸습니다. 그리워서 그렸습니다. 숙명처럼 붓을 들고
그분을 그렸습니다.

탈고를 하고 보니 부끄럽고 많이 부족합니다.
너그럽게 봐주시기 바랍니다.

민중은 사는 게 아니라 살아내는 것이라지요.
오월의 미풍이 불어옵니다. 발레리의 말이 떠오릅니다.
"바람이 분다. 살아야겠다." 그러니 우리는 살아내야겠습니다.

부족하나마 이 책이 사람 사는 세상을 꿈꾸는 모든 이들에게
위로와 작은 불씨가 되기를 바랍니다.

癸卯年 사월 화실에서
松南 유준 삼가 씁니다.

5

차례

역사를 위해서, 우리 아이들이 누려야 할 보다 아름다운 세상을 위하여,
우리는 할 일을 해야 할 것입니다.

— 무현의 말, 2007년 6월 2일, 참여정부 평가포럼 강연에서

꿈

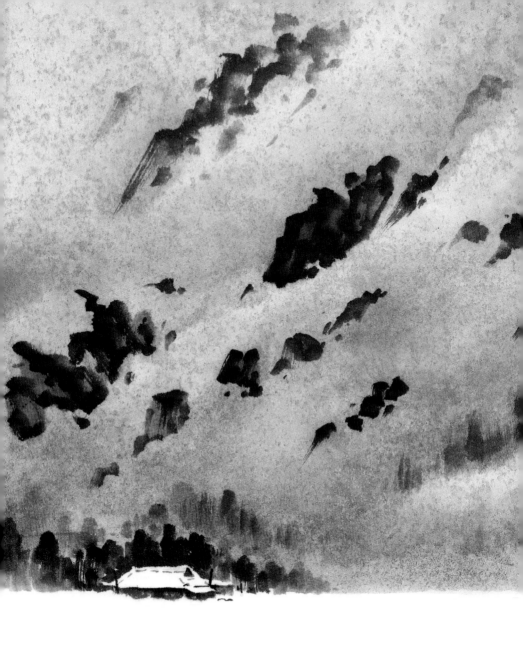

오동나무는 천 년을 묵어도 곡조를 간직하고
매화는 일생 추위에도 그 향기를 팔지 않는다
달은 천 번을 이지러져도 바탕을 잃지 않으며
버드나무는 백 번 꺾여도 새 가지가 돋아난다

— 신흠(申欽, 1566~1628),「무제」전문

어제도 오늘도 빈 그물로 돌아왔지만
내일이면 다시 바다로 나가
그물을 던지던 사내가 있습니다.

목숨을 걸어야 하는 길인 줄 알면서도
실패할 수밖에 없는 길인 줄 알면서도
도전을 멈추지 않았던 사내가 있습니다.

가장 높은 곳에서 가장 낮은 곳을 살피다가
평등한 세상, 더불어 사는 세상을 꿈꾸다가
추락한 사내가 있습니다.

"슬퍼하지 마라.
삶과 죽음이 모두 자연의 한 조각 아니겠는가?
미안해하지 마라.
누구도 원망하지 마라."

죽어서도 남은 자들을 위로하는 저,
바보 같은,
고래 같은 사내가 아직도 그립습니다.
그리워서 그를 그립니다.

대붕역풍비 생어역수영(大鵬逆風飛 生魚逆水泳).

큰 새는 바람을 거슬러 날고, 살아 있는 물고기는 물살을 거슬러 오른다.

— 무현의 말, 1992년 14대 총선 부산 출마 때 사용한 선거 구호

도전과 영광

경남 김해의 봉화산은 높이 140미터밖에 안 되는 낮은 산이지만, 마애
여래좌상과 관음상 그리고 정토원 등 불심(佛心)을 품고 있는 곳입니
다. 그런 봉화산 아래 자리 잡은 봉하마을에서 무현은 1946년 음력 8월
6일 가난한 농부의 늦둥이 아들(3남 2녀 중 막내)로 태어났습니다.

봉하마을은 까마귀도 먹을 것이 없어 울고 돌아간다는 가난한 산골 마을이었습니다. 마을 또래들은 키가 작고 다부진 무현을 '돌콩'이라 불렀고, 마을 어른들은 여섯 살에 천자문을 뗀 무현을 '노천재'라 불렀습니다. 미륵처럼 세상에 도움이 되겠다는 무현의 꿈은 그때부터 시작되었을 겁니다.

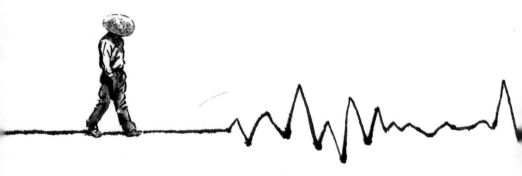

1959년 입학시험에 합격했지만 입학금이 없어 우여곡절 끝에 김해 진영읍 진영중학교에 입학한 무현은 어땠을까요. 이때의 무현을 보여주는 일화가 있습니다. 학교에서 이승만대통령 생일을 찬양하는 글짓기를 종용하자, 무현은 백지 제출을 주도하였고, 자신은 백지에 '택도 없다'는 의미로 '이승만 택통령'이라 써냈다고 합니다. 무현은 정학을 당하고, 두 달 후 이승만은 4·19혁명으로 대통령에서 물러나지요. 어린 나이에도 무현은 불의를 참지 않고 신념을 굽히지 않았습니다. 이른바 '백지동맹사건'은 훗날 펼쳐질 무현의 파란만장한 삶의 서곡이었는지도 모르겠습니다.

어려운 집안 형편 때문에 고등학교 진학을 포기하고 5급 공무원 시험을 준비하던 무현은 "부산상고에 가면 장학금을 받을 수 있고 졸업해서 은행에 취직도 할 수 있다"는 큰형의 권유로 1963년 부산상업고등학교에 장학생으로 입학합니다.

그렇게 무현의 인생 2막이 시작됩니다.

무현의 최종 학력은 고졸입니다. 사법고시에 합격했을 때도, 국회의원이 되었을 때도, 그리고 대통령이 되었을 때도 '최종 학력 부산상업고등학교 졸업'은 꼬리표처럼 주홍글씨처럼 화인(火印)이 되어 붙어 다녔습니다. 무현에게 부산상업고등학교는 떼려야 뗄 수 없는 빛과 어둠입니다. 그 시절 굶기를 밥 먹듯 해야 할 정도의 가난과 그로 인한 반항과 방황과 일탈이 무현의 어둠이라면, 훗날 평생 후원자이자 동지가 된그 시절의 친구들은 무현의 빛입니다.

부산상고를 졸업했지만 가난은 여전히 무현을 옭아맨 굴레였습니다.
청년 무현은 취업 전선에 뛰어들지만 고졸 출신에게는 취업조차 쉬운
일이 아니었습니다. 농협과 은행 입사에 연이어 실패한무현은 삼해공
업이라는 어망회사에 입사하지만 미래가 보이지 않아

한 달 반 만에 퇴사합니다. 막노동을 전전하던 청년 무현은 결심합니다. 지금은 절망의 끝이 아니라 희망의 시작이라고. 그렇게 무현은 부모형제가 살고 있는 봉하마을로 내려갑니다.

청년 무현은 집 근처 산자락에 토담집을 짓고 이곳에서 사법고시를 준비합니다. 사법고시 합격은 가난의 굴레를 벗어나는 방편이고, 큰형의 한을 풀어주는 것이기도 하였습니다. 주경야독(晝耕夜讀), 책을 살 돈조차 없던 무현은 낮에는 막노동을 하고 밤을 새워 공부에 매진합니다. 그 사이 군 복무를 마치고 부인 권양숙 여사와 결혼도 합니다. 그리고 1975년 30세에 제17회 사법고시에 합격합니다. 당시 사법고시 합격자 중 무현은 유일한 고졸 출신이었습니다.

사법연수원 7기로 수료한 무현은 1977년 대전지방법원 판사로 부임하였고, 1978년 부산에서 변호사를 개업합니다. 무현은 조세전문 변호사로 맡은 재판마다 승승장구합니다. 삶을 옥죄었던 가난에서 그제야 벗어난 무현은 부산 앞바다에서 요트도 즐기며 생애 처음으로 '휴식과 여유'를 누립니다. 하지만 무현은 몰랐습니다. 그것이 처음이자 마지막 휴식이고 여유였다는 것을 말입니다. 먼 바다에서 다가오는 거대한 파도를 그때는 미처 몰랐습니다.

강물은 바다를 포기하지 않습니다. 강물처럼!

— 무현의 말, 2008년 4월 25일, <노사모 자원봉사지원센터 개소식> 방명록

자유와 평등

1980년 오월 광주에서 벌어진 대학살극은 전두환의 신군부 독재 시대를 알리는 신호탄이었습니다. 역사의 소용돌이 속에서 1981년 부산의 학림사건(부림사건, 신군부 정권이 부산 지역 양서협동조합에서 사회과학 독서 모임을 하던 학생과 교사, 회사원 등을 영장 없이 체포하여

불법 감금하고 고문한 끝에 국가보안법 위반으로 기소한 대표적인 용공조작 사건)이 벌어집니다. 이 사건에서 무현은 몇몇 지인 변호사들과 함께 무료로 변론을 맡게 되고, 이를 계기로 무현은 가난한 인권 변호사의 길을 걷게 됩니다.

무현은 해고 노동자들을 위한 법률 상담은 물론 무료 법률 상담소를 개설하여 무료로 혹은 담배 몇 갑으로 소송을 대리해줍니다. 사회적 약자들이 도움을 요청하면 언제든 어디서든 달려갔고 무료 변론을 서슴지 않았습니다. 이런 그를 가리켜 사람들은 아스팔트 변호사라고 부르기도 했습니다.

인권 변호사로서 최선을 다했지만 사회를 개혁하는 데 한계를 느낀 무현은 정치 입문을 결심, 김영삼의 제의로 통일민주당에 입당하고 1988년 4월 제13대 국회의원 선거에서 부산 동구에 출마하여 당시 실세였던 허삼수 후보를 꺾고 당선됩니다.

제5공화국 비리조사 특별위원회 위원으로 선정된 초선 의원 무현은 5공 청문회에서 증인으로 출석한 현대그룹 정주영 회장을 코너로 몰았고, 증인으로 출석한 전두환 전 대통령의 불성실한 답변과 태도에 분을 삭이지 못해 명패를 집어던지기까지 합니다. 이제 갓 정치에 입문한 풋내기 의원이 전 대통령, 재벌총수, 안기부장 등을 상대로 주눅은커녕 송곳 같은 질문으로 답변을 이끌어내는 모습을 보면서 국민들은 통쾌해하며 박수를 보냅니다. 무현은 5공 청문회 스타로 거듭나게 되었고, 이는 무현에게 큰 정치적 자산이 됩니다.

그러나 정치인 무현의 진면목을 보여준 것은 이른바 3당 합당 반대입니다. 무현은 기득권 여당과 3당 합당을 추진하는 전당대회에서 유일하게 손을 들고 외칩니다. "이의 있습니다!" 무현은 3당 합당을 정치적 야합이라 비판하며 거부하였고, 결국 자신에게 정치의 길을 열어주었던 김영삼의 곁을 떠납니다. 정치인 무현은 또 다시 편한 길을 버리고 홀로 황량한 들판으로 향합니다.

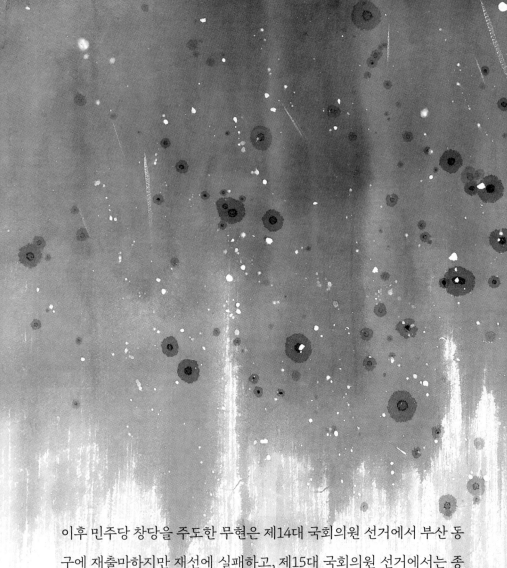

이후 민주당 창당을 주도한 무현은 제14대 국회의원 선거에서 부산 동구에 재출마하지만 재선에 실패하고, 제15대 국회의원 선거에서는 종로구에 출마하여 또 낙선합니다. 무현의 이런 무모한 도전에 대해 김대중은 이런 말을 남깁니다. "정치는 노무현이처럼 해야 한다." 그리고 1997년 제15대 대통령 선거를 앞두고 새정치국민회의에 입당한 무현은 김대중 대통령 당선을 돕습니다.

2000년 4월 제16대 총선에서 무현은 부산에 다시 출마합니다. 당시 보좌관를 비롯해 그를 지지하고 도왔던 모두가 무모하다며 반대했지만, 지역주의를 깨기 위한 도전이라며, 실패를 두려워해선 안 된다며 무현은 끝내 고집을 꺾지 않았습니다. 결국 예상대로 낙선하였지만, 지역주의를 깨기 위한 무현의 무모한 도전이 알려지면서 주목받는 낙선자가 됩니다. 이때부터 지지자들은 무현을 '바보 노무현'이라 부르기 시작했고, 무현의 도전정신과 정치적 소신을 응원하는 최초의 정치인 팬클럽 '노사모'가 탄생합니다.

무현의 끝없는 도전에도 불구하고 세상은 변하지 않았습니다. 정치적 기반도 조직도 없었지만 무현은 결심을 굳힙니다. 2001년 1월 제16대 대통령 선거 출마를 선언하고 당내 경선 레이스에 참여합니다. 당내 다른 대권주자들에 비해 인지도가 턱없이 낮았고 지지율은 바닥이었으니 누가 봐도 불가능한 도전이었습니다. 그러나 무현은 전당대회를 통해 파란을 일으키며 대선 후보로 선출되었고, 마침내 대한민국 제16대 대통령에 당선됩니다.

무현은 탈지역주의, 탈권위주의를 선언하고 대통령에 대한 비난마저도 수용하며 서민의 대통령으로 거듭납니다. 노무현의 참여정부는 '국민과 함께하는 민주주의' '더불어 사는 균형 발전 사회' '평화와 번영의 동북아 시대'를 캐츠프레이즈를 내걸었고, 대통령 무현은 임기 내내 대북포용정책, 재벌개혁, 서민지원정책, 역사 바로 세우기 등 우리 사회의 저변에 깔려 있던 고질적 병폐들을 개혁하고 고쳐 나갑니다.

2008년 2월, 임기 5년을 마친 무현은 직원들과 작별인사를 한 뒤, 별도의 퇴임 연설도 퇴임식도 하지 않고, 청와대를 떠나 고향 봉하마을로 돌아갑니다. 퇴임 대통령이 서울이 아닌 고향으로 귀향한 것은 헌정 사상 처음 있는 일이었습니다. 고향에 돌아온 무현은 농부로서의 여생을 준비합니다.

내 인생의 좌절도 노무현의 것이어야 마땅하다.

그것이 민주주의의 좌절이 되어서는 안 된다.

정의와 진보를 추구하는 분들은 노무현을 버려야 한다.

나의 실패가 모두의 실패가 되어서는 안 되기 때문이다.

— 노무현 자서전, 『운명이다』 중에서

운명

농부가 된 무현은 봉하마을에서 오롯이 농사일과 환경운동에만 전념합니다. 하지만 여전히 무현을 그리워한 무현의 지지자들은 매일같이 봉하마을을 찾았습니다. 퇴임한 무현을 보기 위해 찾아온 사람들로 봉하마을은 인산인해를 이룹니다. 무현은 자신을 찾은 사람들과 격의 없이 소통합니다. 다시 정권을 잡은 기득권 세력들은 이런 모습을 보며 두려웠을 겁니다. 그들은 노골적으로 무현을 탄압합니다. 친인척과 측근의 비리 등을 내세우며 무현을 절벽으로 내몹니다.

자신으로 인해 고통 받는 주위 사람들과 지지자들을
보면서, 지금껏 어떤 고난 앞에서도 꺾이지 않았던 무
현은 처음으로 고민합니다. 그것은 정치인 무현, 대통
령 무현이 아닌 인간 무현의 고민이었습니다.

2009년 5월 23일, 무현은 부엉이가 되어 훨훨 날아갑니다. 미움도 원망도 모두 가슴에 묻고 사랑하는 사람들 곁을 영원히 떠납니다. 슬퍼하지 말라며, 삶과 죽음이 모두 자연의 한 조각일 뿐이라며, 미안해하지도 원망하지도 말라며, 부엉이가 되어 훨훨 마애불 너머로 날아갔습니다.

무현이 가고 나서야 사람들은 알았습니다.

무현이 추구했던 가치와 정신이 무엇이었는지를.

무현을 떠나보내고서야 알았습니다.

우리가 무현을 얼마나 사랑했는지를.

우리가 무엇을 잃어버렸는지를.

바보 노무현은 갔습니다.

사랑하는 우리의 무현은 갔습니다.

푸른 산빛을 깨치고 차마 떨치고 갔습니다.

무현은 갔지만 우리는 무현을 보내지 아니하였습니다.

당신, 그곳에서 잘 계시지요?

당신이 있어 우린 행복했습니다.

삶과 죽음이 모두 자연의 한 조각이라 했지요?

그렇게 당신은 영원히 우리와 함께 있을 겁니다.

당신이 그리워, 당신을 그리워하며, 당
신을 그렸습니다.
그리다 보니
꽃이 진 후에야 봄인 걸 알았습니다.
이제 그만 붓을 놓을까 합니다.
당신을 맞을 준비를 해야겠습니다.
멀리 당신이 오는 모습이 보입니다.
환하게 웃으며 오는 당신입니다.

2023년 봄날 화실에서

송남 유준

노무현서거 12주기
추모전시

2021.5.19 wed 마루아트센터 특별관 주최 : 사람사는

사람 사는 세상

전시회 풍경

세상 展 개막식

원회 주관 : **구구갤러리/마루아트센터** 후원 : **노무현재단**

사람사는 세상 展

추모전시 노무현서거 12주기

포토존

水墨畵로 읽는 노무현의 일생

굽이쳐 흐르는 강물처럼

1판 1쇄 발행	2023년 5월 23일
지은이	유준
그린이	유준
발행인	윤미소
발행처	(주)달아실출판사
책임편집	박제영
디자인	전부다
법률자문	김용진, 이종진
주소	강원도 춘천시 춘천로 257, 2층
전화	033-241-7661
팩스	033-241-7662
이메일	dalasilmoongo@naver.com
출판등록	2016년 12월 30일 제494호

ⓒ 유준, 2023
ISBN : 979-11-91668-75-9 03810